ちくま文庫

# 春原さんのリコーダー

東直子



筑摩書房

# 春原さんのリコーダー＊目次

I

III

栞文

# 春原さんのリコーダー

扉イラスト　狩野岳朗

# I

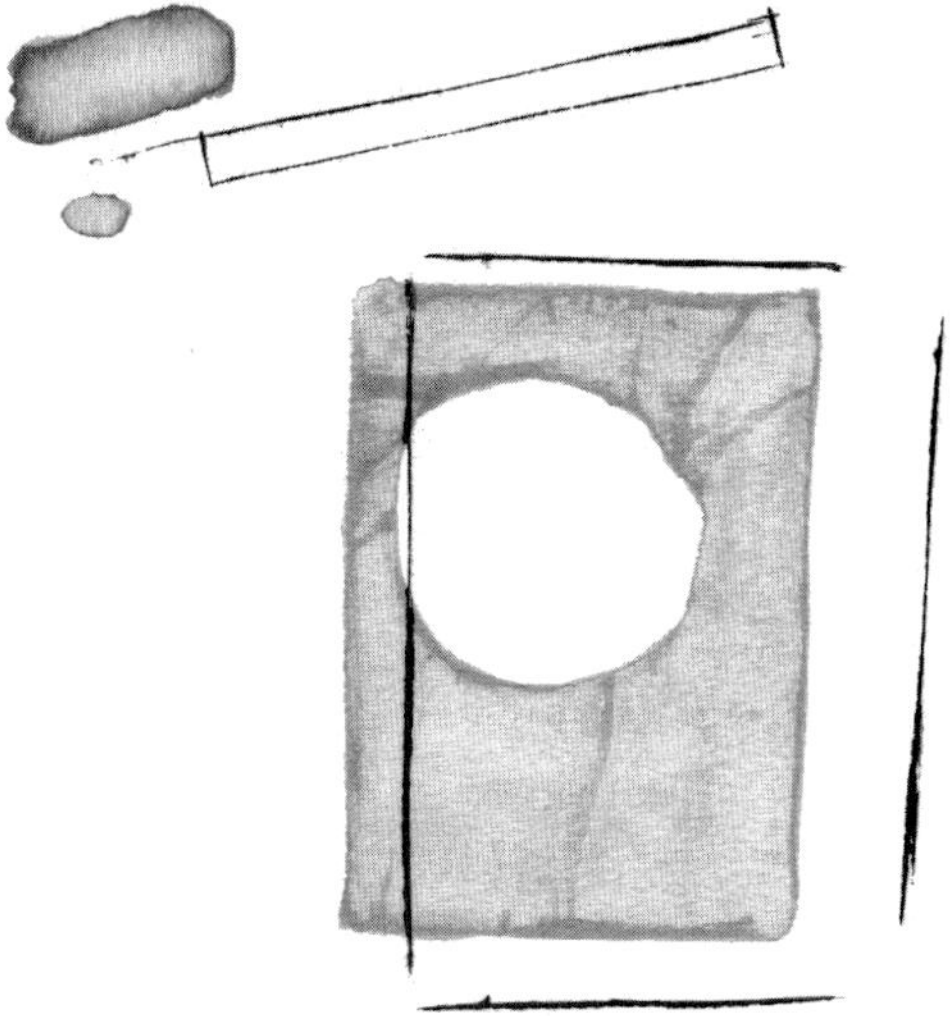

## ひやしんす

おねがいねって渡されているこの鍵をわたしは失くしてしまう気がする

夕ぐれに夢をみました処女だったころのわたしと彼女のけんか

冬の陽のそれも朝焼け階段にあたしたちってやさぐれていた

ひやしんす条約交わししゃがむ野辺あかむらさきの空になるまで

たった一つの希《ねが》いを容《い》れた胸蒼くかたかたと飲むアーモンド・オ・レ

花灯《あ》かりにまみれてしまう指先が少ししめった便せんちぎる

さっきまでいた人の香のうすやみにほのかになじむハルセミの森

廃村を告げる活字に桃の皮ふれればにじみゆくばかり　来て

そぼそぼと降る雨音のおだやかさ　愛した人の悪口を言う

ゆうだちの生まれ損ねた空は抱くうっすらすいかの匂いのシャツを

## 草かんむりの訪問者

助手席にやさしい隣り人をのせ胸にしずかにうき上がる汗

てのひらにてのひらをおくほつほつと小さなほのおともれば眠る

ははそはの母の話にまじる蟬　帽子のゴムをかむのはおよし

ひまわりの種を数えきれなくて資料室には子供が九人

つま先で通る廊下のしずけさよ裁判官の荘厳な昼寝

真夜中をものともしない鉄棒にうぶ毛だらけの女の子たち

思い出を汚してもいい　きつくきつく編んだみつあみゆうやけのドア

火を消しておしまいにする夜祭りの闇に立ち続けている姉さん

ライオンの塑像によりそい眠るときわたしはほんの夏草になる

かの家の玄関先を掃いている少女でいられるときの短さ

桃味のグミキャンディーをつぶしつつ一年ぶりの大阪に入《い》る

会うごとにしみふえている母の手の甲をみつめているニュートラム

サンダルのかかとの角度ゆるやかな夢にとけこむ「終点」の声

丸めがねちょっとずらしてへっ、と言い革の鞄を軽そうに持つ

「恋人のいない夏です」モノクロの海と女のカードの裏に

おいやんの魚《うお》の化石のホルダーに世界をつなぐ金属がある

おばやんの笑った顔に光る銀　闘鶏神社に熊蟬が鳴く

空を飛ぶ魚を焼いている人の背中に汗の模様がうかぶ

菊の花のひとひらふいに殺めつつなたね油はゆうぐれである

毒舌のおとろえ知らぬ妹のすっとんきょうな寝姿よ　楡

駅長の頰そめたあと遠ざかるハロゲン・ランプは海を知らない

切れかけの蛍光灯のまばたきの蕎麦屋しんかん真夏真夜中

台風が近づいている　ささくれの指をガラスにおしあててみる

いいよ、ってこぼれたことば走り出すこどもに何をゆるしたのだろ

菊枕抱えた男訪ね来て冷や汗だらけのこころを告げる

「そら豆って」いいかけたままそのまんまさよならしたの　さよならしたの

初秋の文鳥こくっと首を折る　棺に入れる眼鏡をみがく

今日中に出したい手紙があるようなそぞろごころの一三回忌

シナモンの香りの古い本ひらく草かんむりの訪問者たち

仕立屋の朝の音楽もれてくる北窓におく白いハブラシ

ひんやり風の吹く朝に

トッカータとフーガのような驚きをわらあいながら受けとめている

こわれもの預かってます木村さん　あなたの眠るベッドの下で

お祈りは済ませましたかその後ももとの形に戻れるように

フラスコの中は今でもひんやりと緩衝液に満たされている

ほころびの始まる鎖ひとしきりおりおり思う向かい合う虹

かぎりなく輝く空につっこんでゆきそうなバス　朝がささやく

白秋やひんやり風の吹く朝にみいみい鳴いて止まるエンジン

おとがいを窪みに乗せて目を開く　さて丁寧に問いつめられる

井戸の底に溺死しているおおかみの、いえ木の枝に届く雨つぶ

グリセリンと高麗人参　ガラス戸にさしこむ光をすいこんでゆく

ええそうよそうそうそうよそうなのよ炭素のような祈りの美学

つめたい空の下のできごと

引き出しの奥の小箱にひんやりと汗ばんでいる球根がある

小鬼たち憑かれたようにはしゃぎあう　こころごころの冬のはじまり

冬という眠りの季節にわきあがる風にあなたはのめりこむかも

九州のかおりほのかな眉上げて「ずいぶん迷ってたどりついたよ」

日曜日に似合いの空と隅田川　ぽんぽん船に乗る鳩もいる

冬服のたくさんかかった和室には小さいひとの悲しみがある

来月の予定あみこむ暖かいテーブルの下の不思議な願い

え、と言う癖は今でも直らない　どんな雪でもあなたはこわい

ナーバスな眉の角度や薄いつめ記憶の海に絵の具を溶かす

おまつりは終わったのかな　名前さえ思い出せないひとの耳たぶ

どうぞどうぞ上がって下さい熱い熱い烏龍茶などお淹《い》れしますよ

南方《みなかた》の夕日のあたるトランクの標本箱のみどりの菌《きのこ》

季節ごとの鳥を愛してしまう程このごろ痛みやすい母さん

ブラジルへ　冬至生まれの妹が夏至に生まれた姉に手紙を

# 春原さんのリコーダー

遠い昔に書いた手紙をひらめかせ看板娘が髪染めにゆく

壺の上の林檎のようにおとなしく白髪《はくはつ》まじりの髪ほどかせる

売約済みの傷入り家具にふれながらがんぼ風に少しうかれる

筋肉質の少女が渡る朝の橋たわわな光ちらかしながら

海に住む画家の黄ばんだレポートは靄の違いについて・考察

突堤に銀に輝く干し魚のにおい体にふくらむのです

陸にあがったくらげ見つけにゆくように出かけていった心かえらず

——白い花が咲いているよ
白つつじ二つ三つがその丘のてっぺんあたりに北風うける

その山の名前は今も分からない　つくつくほうしに雪ふりつもる

蠟燭さん　海に戻った女房と海干上がれと啼く鳶《とんび》たち

ぶたのまんじゅう朝日に開きわたくしはあの子の秘密たにしに話す

「ママの手ってわかっていたよしめってて」脱皮したての蜘蛛に朝露

耳裏の原因不明のふくらみをそっと押さえて痛みをはかる

日常は小さな郵便局のよう誰かわたしを呼んでいるよな

谷折り線をながめ一日　髭面の男の胸にウッドストック

夕まぐれこえてうさぎの銅像がきょろりと動きそうなつごもり

初春や夢に眠りて夢を見る空にタオルをたたみ続ける

濃厚な涙を流す動物の瞳《め》に少し似る破魔矢の男

新年はさくさくとろん辻堂にゲイラカイトを上げにゆきます

ガスの炎《ひ》にてのひらかざし合っただけ姉と妹《いもと》とみかんのくずと

橋桁に右肩を寄せ待ちながら他界の人の寿歌《ほぎうた》をきく

目を閉じて見えるゆがんだ空間にのわんのわんと灯る狐火

違うのよ　ふゆぞら色のセーターににわかにできる毛玉のような

後悔が残るくらいがちょうどいい春あわゆきのほかほかきえる

絹糸を一夜《ひとよ》をかけてほぐし終えつめの先までそめるむらさき

転居先不明の判を見つめつつ春原さんの吹くリコーダー

夜が明けてやはり淋しい春の野をふたり歩いてゆくはずでした

ほほほほ

できたての名詞のようなあやうさで静かにこわれはじめる空よ

あの時は待っていましたきっちりと合わせた膝に花を咲かせて

西風の旅の話を語り終え楽しく泣ける暖かき闇

雪が降ると誰かささやく昼下がりコリーの鼻の長さひとしお

クリーニング済みの上着を受けたあと滅多に降らない雪を見ている

ほほほほと花がほころぶ頃のこと思い浮かべてしまう如月

まっすぐに霜の柱がのびている夜にことりと動いたこころ

雛のある部屋に足し算教えつつ雪降るように切なさが降る

三月の娘の胸に取りついたインフルエンザは感情的で

高熱のこどもとろんと起き上がりアイスクリームが食べたいと言う

永遠と虚数ほどよくまじり会うスパイス入りの紅茶のぬくみ

いつまでも写真を眺めているような

ゆびさきに桃の花などぬりこんである人物に会いにゆきます

柔らかな色を覚える春の夜の眠りの浅いこどもを抱いて

いつまでも写真を眺めているような午後には春は何をしている

春風はいつも強くて強すぎてなんもかんもがめちゃくちゃになる

健やかな寝息のもとで考える理念の上に白く張る枝

車体ごとゆらりと傾ぐわたしたち大事にしているものみな違う

力を込めて引き出しを　恋文の封筒のよう樟脳のから

夕やけの色の野花のお茶を飲む　許す許さぬやがては一期

おばさんのようなたましい取り出してしいんと夏をはじめる男

キャラメルが窓辺で姿かえている東階段室におります

初夏《はつなつ》の光の降りる背中あり恋遠ざけて草木を植える

そんなこと気にしなくてもいいですよ星もいつかは壊れますから

## 貴賓席

好きになるという粘土質歩くとき私に神がいないさびしさ

感情のすみに微笑むようにいるその人の名をなつかしく呼ぶ

夏至ならば出かけませんかゆらゆらとしんとうれしい夜の散歩に

傷あとがわたしのしるしぬばたまの夜をくぐりて朝たぐりよせ

知るほどに疎む気持ちのつのりゆく人をよくよく考えている

貴賓席に招かれている心地です白衣の人に従い昇る

長い間好きだった人の破れ傘しみじみ見つめしんみり楽し

いつまでもですます調で語り合うわたしたちにも夏ふりそそぐ

よい人とよい街にゆきよい花を育ててしんしん泣いたりしてね

とかげ

冬の間ゆっくりさめてゆくために海へゆこうと思っています

ぴとぴととミルクをたらす夏の床　狐みたいに髪を結んで

ポケットの底に砂粒　曇天にサンダル履きで手ぶらのまんま

ストロウに貼りついている蟻二匹ハノンのめぐる午後の階段

扇子ひらけば鮮やかな鮎　アナリストのようにカルトなせめぎあいさえ

テーブルの下に手を置くあなただけ離島でくらす海鳥《かもめ》のひとみ

つっと走る痛みのような稲妻が遠ざかったらぬるめのお茶を

真昼間の熱あきらかに残る夜にうなづきながら受けるくちづけ

幸福な誤解を開く傷口のガアゼをはがすみたいにそっと

とてもだめついていけない坂道に座っていれば何だか楽し

秋の風にふくまれている夏の皮膚ほんのひとときの愛したとかげ

## ちっちゃな柿

柿の木にちっちゃな柿がすずなりで父さんわたしは不機嫌でした

生きたまま飲み込む魚のはかなさが思い出される　福岡やさし

あんのんな空の続きをめくるのは指のかたちの白い矢印

叔父叔母が小さな帽子膝に置きみる貝とり貝交互に食べる

尾をたてて笑う小犬に囲まれる帰ろう帰ろうどこへ帰ろう

産む前の私に戻れはしないけど夏へと向かう傘たたく雨

ふくらみはへこみますともささくれがとけるそくどで　ととせはたとせ

やぶれそうでまだやぶれない紙ぶくろ　夾竹桃の花咲く道を

電子ピアノに触れる小さないくつもの指はからまる小雨やむまで

臨月のママにさよなら　靴を脱ぎ天使A組天使B組

黒檀の扉を次々たたみつつ祖母の唱えるエーデルワイス

じゅっと燃える線香花火の火の玉の落ちる速度で眠りましたよ

縫いさしの人形の顔ほころんで夢に何度もパパを失う

木漏れ陽のこぼれる庭にいたころの記憶のめまい　枯れ葉がわれる

カーテンを開けているのはなつかしい関節はずしの得意な兄さん

遠くから見ているからね紫の帽子を被って走りなさいね

駅から遠いともだちの家

いつも会いに来て下さいな通るたびそこだけきしむ長い長い廊下

春がすみ　シュークリームを抱えゆく駅から遠いともだちの家

ひかれあう力は痛い　翌朝のひのきのふたのほのかなしめり

噴水のような約束十時ごろ雲公園にわらわらと人

いいえいいえわたしはここに残ります割れたコーヒーカップを眺め

駅前のゆうぐれまつり　ふくらはぎに小さいひとのぬくもりがある

ん、と言ったきりの沈黙そのあとは気持ちよさそに笑うばかりで

西の空にすいこまれてゆく友人が残していったさめない微熱

袋小路に生まれた人の額へとくらくらするほど春はさしこむ

ちんちろりん

放火魔のような男が立ち止まり琥珀の中の蜜蜂に会う

マヨネーズ色の頬もつ友人と火曜のランチを食べにゆきます

玉手箱ぎゅっとしばった組み紐をほどいてはだめですよ、ソムリエ

少し遅れてきた人の汗ひくまでのちんちろりんな時間が好きよ

髭人《ひげびと》の血圧低く羽枕をこぶしでぽんぽん整えている

七人の用心棒にひとつずつ栗きんとんをさしあげました

いたのって言われてしまう悲しさをでんぐりがえししながら思う

痛がりの乳房を持っていたころに初めて噛んだこのタブレット

瓶にかぶせたガアゼをゆるくよせるゴム日暮れにやごの匂いを放つ

鹿の目の女がくれたチケットを内ポケットにくしゃくしゃにする

「…び、びわが食べたい」六月は二十二日のまちがい電話

逃げだした十姉妹《じゅうしまつ》たち探すため　すわ大阪へすわ父島へ

いつぞやは　うつむきながら笑いつつはにかみながら梨を分けたね

ろうそくを左手に持ちひとりずつ裸足でふむのメレンゲ瓦礫

とうてむぽうる

マイナスになれば輝く数値あり瞼で割れる夢のたのしさ

液体人間現れる　とりあえずワインの瓶に閉じこめておく

彼の椅子がこちらを向いていたのです息づく者がまだいるように

徹夜した朝は異次元世界かな鉄観音のたち上る湯気

あさいはる　ゴム長靴の青年が簡易書留胸にさしこむ

談話室タキザワの券入れたまま行方不明のやぎ皮財布

泣きながら観ていたビデオ消したならふつふつ熱いパイを召しませ

肺胞にトーテムポール六月の無人電車が箸箱ならす

多武峰《とうのみね》におられる神よ紅のＺに乗りて下山されたし

夏といえば　ゆるみっぱなしの輪がとれて駆け出すフェイク・アフガン・ハウンド

いかずちが咲き散っているゆうぐれは来世をのぞく気持ちがうかぶ

# 箱

おもかげを顎に残している人ときれいに積まれた石道をゆく

らんたんを下げて夜道をゆくようなはじめて踏みゆく道のたのしさ

ばくぜんとおまえが好きだ僕がまだ針葉樹林だったころから

恋病みは召されるための麻酔かね　あれは戻ってきやせんだろよ

雪どけ水を秋の光の中に飲む　あなたがのぼりつめた渓谷

濃密な水に浮かべた樽の中こういうふうにとけのこる雪

チベットに住むおとうとの悪筆をうぶ毛のような春に待ちつつ

老人となりしわたしのマトリョシカちんとんしゃんと引っ越しをする

新しい破れめ抜けてくるひかり〈朝のおかゆがさめてしまうよ〉

その箱をおっとりそっと手放せばやさしく癒えてゆくよ病も

ゆっくりと腕をのばしてごらんなさい愛し直してあげるよすぐに

## 魚を抱いて

うすくうすく解きあかされる白い実の気持ちは水のあつまりになる

森林の匂いを含む羽枕　生物時計がわたしをさます

なのはながなつのつなひくまひるです愛の向こうに人影がある

ちりめんにくるんで抱えて探します古い気持ちを捨てにゆく場所

こぬか雨を髪に鞄にびっしりとはりつけたまま　帰りますとも

さよならはさようならばとこちらから太い綱切る気迫にも似る

信じない　靴をそろえて待つことも靴を乱して踏み込むことも

みつあみが首にこぼれて　一行の宣告のため母さんが来る

あたたかな指紋の残る水飲み場　魚を抱いて会いにゆきたし

## シゲノさん

――享年九一才

かほりさんの入学式の夜のこと　電話のむこう、とまったこころ

とうさんのねくたいのしわ画《え》の中の子供のように泣きそうな顔

ほろすこうぷにはさみを入れる子の横に無音のシゲノさんのほほべに

腰痛のためおだやかに笑う昼ほそくて蒼い客も来たれり

ひざの骨しろくしろうくとけました　ある春の日の春のお時計

シゲノさんの編んだくつした湯に浮かびらっぱすいせんゆうぐれをすう

わたしの小鳥売り

奉納と書かれた紅い門くぐる生まれたばかりのつぐみを抱いて

すれ違う刹那に生《あ》れて消える熱　ひどく無口なガラス職人

花に降る雪はかすかに笑うのよ小さな辞書を鞄にいれる

あまやかなシャープペンシル取りいだす花の名前の妊婦の眉間

木は花をあたためている廃校の百葉箱に残した手紙

岩手県のかすかななまり頬骨をきわだたせつつあふれる言葉

海岸の写真はみごとな逆光で笑えるよおまえらしいやり方

さそわれて雛のまつりに桃花《もも》を購う髪を束ねた男の子から

辻に建つ快楽荘は木造のアパートである　台湾ビール

めぐり合わせを信じることにしたんです香りまんじゅうほっくりと割る

長い手紙の終わりの文字の低姿勢つくづく読めばつくづく哀し

冴えわたる朝の白鳥《しらとり》わたくしのこめかみうなじつついておくれ

のんびりとふえてゆくのが愛ならばシャーレの蓋は少しずらして

水かきを失くした指をたまさかに組み交わすとき沁み合うものを

そうですかきれいでしたかわたくしは小鳥を売ってくらしています

# II

## へるめす歌会

ある日、岩波書店から速達が届いた。第一回へるめす歌会のお知らせである。題詠による即詠を行うという。作家の小林恭二氏と川上隆志へるめす編集長の熱量の高い文章がそえられていた。

一九九五年六月三日（土）

少し蒸し暑いようなひんやりするような昼下がり。しんとした岩波書店の七階に、緑色の黒板と巨大なテーブル。途中から降り出した雨が、どしゃぶりに変わった。

山脈に恋人の灰撒くときも星ゆるやかに重なり合いぬ

拉致された尾の青きもの夕ぐれの見知らぬ土地に解かれてやさし

はじめての街にさまよう私《わたくし》に小さく笑う顔のある枝

卵黄のゆるゆる流れてゆくようにあなたの恋ははじまっている

一九九五年八月六日（日）

炎天。
あついあつい一日。
細かなことはあまり覚えていない、そんな、
あついあつい一日。

朝凪の哀しみに酔う内耳にはこしたんたんときらめく銀河

夏空をうつした井戸につるべなし詩人会議を過ぎてゆく鳥

お別れの儀式は長いふぁふぁふぁふぁとうすみずいろのせんぷうきのはね

一九九五年一〇月七日（土）

うす曇り。
運動会にはもってこいの、気持ちのいい風が吹いていた。

前線がそぞろ歩きをはじめたら筋肉《すじにく》入りのスープをどうぞ

朝光《あさかげ》にバナナくだいているのでしょ　のばらつるばら婆沙羅ばばあよ

特急券を落としたのです（お荷物は？）ブリキで焼いたカステイラです

一九九五年一二月三日（日）

冬晴れ。
岩波書店に着くと、停電していた。薄暗いロビーに編集長と小林恭二氏が現れ、「だからというわけではないですが、今日は美術館に行って吟行をします」と告げると、びじゅつかん…、という平仮名の呟きとともに、空気が澱んだ。

素裸の背中に少しいたたい草　萬鉄五郎が恋人でした

吹きつける絵の具からまり波の網きらきらしやがる歩道を帰る

一九九六年二月一七日（土）

雪。

この日は「歌合わせ」。「草」という題をもらい、事前に歌を作って提出した。対戦相手は梅内美華子さん。判者は岡井隆さん。

春の歌の背景に、斜めに、音もなく雪がふりしきっていた。

うすばかげろういろのはんかち胸にいれ草庵へゆく草庵は春

一九九六年三月三〇日（土）

網代での歌合わせ合宿一日目。
朝からしとしとと春雨。窓の向こうはかすんでいて海は見えない。
この日の題は「盗む」。対戦相手は吉川宏志さん。判者は高橋睦郎さん。

あるぱかに春の裸身をつつみこむ天道さまに盗まれぬよう

夜。傘をさして海へ。
海に降る雨。強い風。海の向こうに滲むひかり。

一九九六年三月三一日（日）
歌合わせ合宿二日目。
夜のうちに雨はすべて海に落ちて、快晴。海がはねた光がまぶしい。
三グループに分かれての対戦。私達のグループのリーダーは荻原裕幸さん。

祖母のみる〈嘘〉とろとろと花豆のつやめいてゆく仏具屋の奥

はとむねのはとこといとこキマイラのぬり絵の上と下を分けあう

et al.

## 或る春の日の即詠会

〈金〉

さくらいろの絹のハンカチ軽くかむ金婚式の朝よ、母さん

〈桜〉

桜桃忌に姉は出かけてゆきましたフィンガーボウルに水を残して

## 或る冬の日の即詠会

〈水〉

純水に沈むレンズのやわらかさ　つかみそこなう指先の声

〈待つ〉

新しい冬の光に波たたせ紅茶が人を待っております

## かばん歌合わせ

〈恋〉

足首をねんざしたのもくちづけもアル・カポネ氏の秋昼の酔

## アラッジン歌合わせ

〈裏〉

繊月にママ盗まれた路地裏をしりーんしゃれーんと風ふきぬける

## 極私的歌枕　――船形橋――

いいことを思いついたという顔で船形橋をこえていかんせ

## 月刊「MOE」銀色夏生特集によせて

ひだまりに銀色夏生あふれだしあるゆるやかなやくそくをする

## WWW／WAKA六本木吟行会

コンパック・メディアサロンを出発して六本木の坂を練り歩く。藤原龍一郎さんに初めてお会いした。加藤治郎さんが「な、夏だなあ」とつぶやいた、そんな五月のとある一日。

小《ち》さき瀧に小《ち》さきあわだちあかさかの夏のはじめのにおいをくるむ

ほうむぺえじ・青い球体・指印・加藤さんという肉体よ

## ｔｋ電子歌会

坂井修一さんの「歌人メーリング・リスト」のメンバーによる、電子メールを使っての歌会に参加した。

かわはぎはひるねのにおいイトヨリは宵寝のにおい　指切りほどく

１９９６年うす紅きすももをふたつ窓に飾りぬ

つゆのてふてふ——旧かな文語歌

てふてふの羽たて眠るまつぴるまクラス終はりて骨をきします

みづたまのもやうのシャツと白無地があいすかうひい飲みてしづけき

つめに描くあさがほひまはりけふちくたう思ひはふらすアンナ・カレニナ

ふうらいばうと呼ばるる竹を腰にさし雨の上がれる午後はきやらきやら

玄関の靴乱れゐる宵の口ちどりかうしの女人《によにん》来たれり

避雷針つつけば水のもれさうな空にひひつと小鳥が啼けり

びやうゐんの生成りの夜具に照りはえてぶしやうひげそは眠れる過客

まつちや入りかすていら切り分けようぞ　つつぷしてゐるこころを起こし

クズ入れの蓋ころがりて笑ひあふすこぶる若くなけれど笑ふ

むかうより来らむ帽子の髭さんを傘のしづくに濡れて待ちをり

# 森の中に

森の中に行ってしまった父さんを捜しに行こうとは思わないけど

森の中に行ってしまった弟は泣いているので見つけなくては

森の中に行ってしまった兄さんはそこで幸福にくらしています

森の中に行ってしまった姉さんはきっと自分で帰ってきます

森の中に行ってしまった妹ははじめから森の住人でした

森の中に行ってしまった母さんはいえいえずっとここにいました

森の中に出かけてゆくのわたしたちアーモンド・グリコを分けあいながら

# Ⅲ

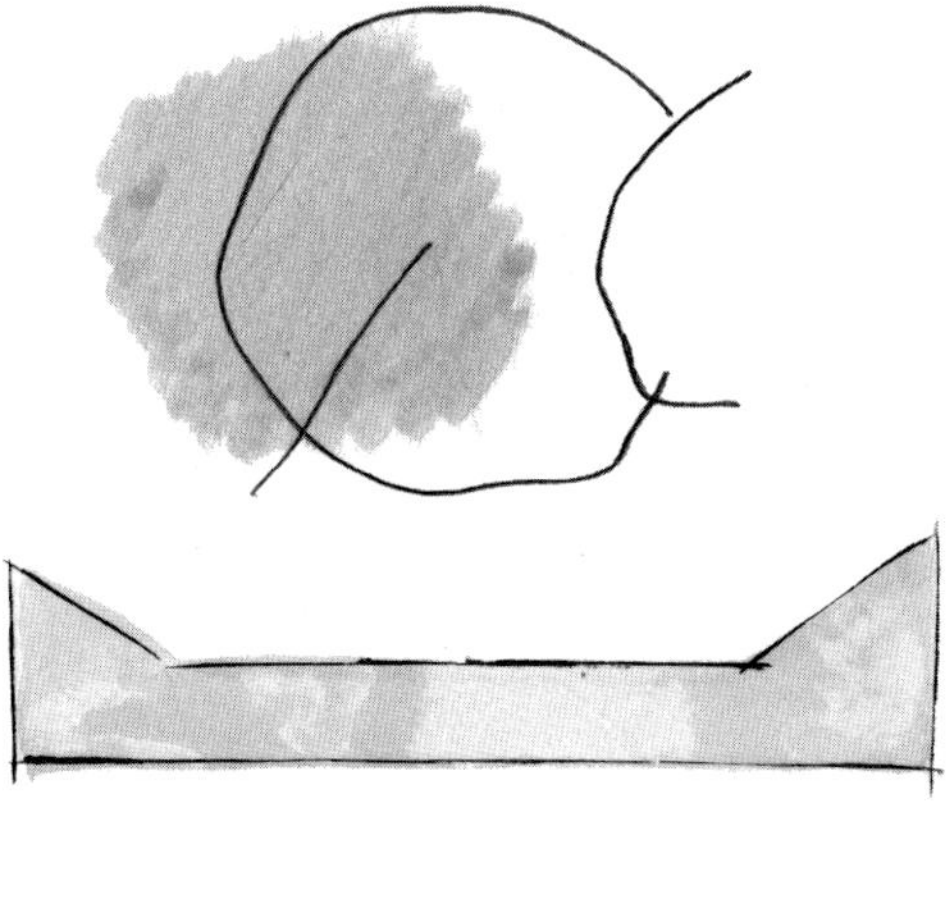

# アプリコット・カラム

予感といううすいふくらみ唇をぬらしてアプリコットをかじる

「九月まで」言いかけ口をつぐむ君　祭りのような日々のさなかに

こっちに来て頰ずりをして抱きしめて　銀のスプーン磨き終えたら

地平線と水平線の接点に折れた小枝をさしに行きたし

一度だけ「好き」と思った一度だけ「死ね」と思った　非常階段

この部屋はこわれかけの物ばかり飾ってあるとある日気付いて

駅に着けば（とううりゃんせ、とうりりゃんせ）かんかん照りをただただ歩く

その人はプラットホームの向こうで笑う　白いタオルのようなうそつき

こんな日は連結部分に足を乗せくらくらするまで楽しんでみる

亀虫が異臭を放つ季節には気持ちの軸がわずかにずれる

いちびりの子供を乗せたミニバスが石油タンクと並んで走る

笑えるわ今朝見た夢は水道の蛇口ひねれば流れてしまう

細菌が肌を寄せあい待っている愛したものは埋葬せねば

# ピンク・スノウ

気持ち悪いから持って帰ってくれと父　色とりどりの折り鶴を見て

さすってもさすっても起きあがらぬ人さすり続ける　夢を見るように

こぼれ出た涙を一滴シャーレの中へ何かが死んで何かが生きる

わたくしの分泌物にくるまれて小さなしっぽ丸めて眠る

すうるりと頭、肩、脚、感じつつこの世にひとを産み落とすこと

母親はうつろな器くるぶしに糸みたいな血がおりてゆきます

秘めやかな約束にも似て新生児の性器がコットンうす紅く染め

ひとしきりピンク・スノウを浴びてゆく生命科学研究所まで

北風を縦割りにして開きつつあちこち痒い子を連れ園へ

霜柱踏みつつゆけば今朝もまた園長先生がたっていました

おっぱいおっぱいぱいぱいなっぷると呼ばれたと柱を抱え泣いていた君

クレゾオルの匂いかばんに詰めこんでひなたを選び園より戻る

子供らが散らかした部屋を抜け出して何を探そうとしていたのだろう

エレベーターホールのすみっこ飛ばされたベランダ用のスリッパ一つ

ひまわりぐみの電話連絡網ですが…密葬の場所たんたんと聞く

女の子のヒスにつきあう遊歩道　水におかしな顔をうつして

どんぐりがぴりっと皮をやぶる朝こまっしゃくれがおとなしくなる

## ふりこ

産みたての卵をつつむガアゼ揺れたのしいたのしいたのしいふりこ

ふくらはぎの形について考える例えばミルクこぼした朝も

中表にたたんだ手紙　放課後のプールが弾くやんちゃな光

夕立がやさしく冷える帝王の金のくさりを直しています

いのいちばんに訪ねてきたね秋茜ちらかっているトマト畑に

水銀灯がともるころ

淵水に溺れたときの明るさの中に今でもいるようなのです

膝がしら四つ並べた峠にて　はるかはるかに岬出る船

ろばの子がとろうり眠る夕闇に紛れて消えてしまおうよ、パパ

くまぜみのアウシュヴィッツの空き缶を誰も弾かないピアノの下に

公園に水銀灯がともるころ水泳パンツをこっそりはくの

はじめからこわれていたの木製の月の輪ぐまの左のつめは

委員会のお知らせという端正をまずゆっくりと四ツ折りにする

遠足のほてりの残る休日はほのかに匂う静止衛星

言いわけはもっと上手にするものよ（せいたかあわだち草を焼きつつ）

冬近し　朱色の月も浮かんでてほんとほんのり呆けていたい

あたらしき玻璃の扉のそのむこう『きゅうくつさんのふぁの音どおれ』

はんかちをひろげてあそぶましかくのこんいろ世界に花びら五つ

みずうみの底にしずんだトロフィーに沢蟹親子りるりるすべる

凍て星を体中にまぶしましょラッコの毛皮の上着をぬいで

片頬をすとおぶに染め待っているヤマネ印のちよこれいとう

# Ｋさんのいる場所

盲人と盲導犬がふかぶかと冬の小さな雨降る中を

ぼくは遠い場所から来たがあなたから離れてもっと遠くへゆくよ

つり糸をぼくはたれてる忘れてはいけない人がどこかにいるが

春の朝ねむりの白い三叉路でじゃこうねずみに白いさよなら

まほろばをつくりましょうね　よく研いだ刃物と濡れた砥石の香り

よろこびの車こまかく揺れている開襟シャツとしずかな鎖骨

## カレンツ

絡みつく蔦の館を守りつつカレンツひとさじ種に埋め込む

羽音かと思えば君が素裸で歯を磨きおり　夏の夜明けに

吃音の癖のある舌ひんやりと重なるしめり緋に染まる針

さなだ虫の標本の間《ま》に君はいる羽化したばかりの蟬の白さで

ふっつりと途切れたことば褐色の湯の水面で立ち泳ぎする

少年の歌声だろう《カンガルーは笑ったまんま死んでいたんだ》

整髪料のにおいは好きじゃないからと恐ろしいほどの寝ぐせに光

幌を上げ降る星うける君といて言えない　灯油が凍りつくまで

冬を越す虫たち群れて眠る場所さがし続ける君の横顔

虫愛づる姫君の昔話など春夜ココアをことこと沸かす

花まつりに瞬くレンズ切なさはひとりの体の中にはなくて

なつのあさ彼女ほつりと目を覚まし繭やぶるごと館出でゆく

## 常夜燈

祭壇にきうりはくさいなすかぼちゃそしてあなたの不思議な似顔

ゆうぐれな夕べに揺れる春先の水池みどり濃くなる予感

真夜中に護符を流しに行きました　光の塔に集うユスリカ

まがまがと続く階段上りゆく常夜燈には春の雨ふる

鈴の音の激しい夜に一つずつ解かれ私はあいまいになる

焼かれゆく洋菓子のごと眠るとき春日も土も傾いてゆく

放たれてあなたの還るみずうみはどこまで明るくつめたいのだろう

あざやかにあなたはあらわれそして消え煌々と灯は明るいばかり

# あとがき

小さいころ、何度も名前を呼ばれてからやっと振り返るような、ぼんやりした子供でした。

そういう時、何かを考えていることもありましたが、（どうして自分は自分の体しか動かせないのか、とか）たいてい何も考えていませんでした。

ゆうぐれの校庭を歩いていて、友達がボールで遊んでいるのが目に入ります。

わたしは足を止めてそれを見つめます。

ボールが、動きます。

歓声も聴こえます。

わたしは体が動かなくなります。目だけがボールを追います。

と、
ふ、とまわりがまっしろになることがあります。

わたしは白いお空になるのです。

白いお空は何も考えません。

なおちゃん、なおちゃん、なおちゃん、と、遠くの声が近づくとともに、墨を流したように景色が戻ってきて、白いお空は消えてしまいます。

そうして、ぼんやりした子供のまま歳月が流れて、わたしは少しぼんやりした大人になりました。

けれどももう、白いお空になることはありません。


短歌をつくりはじめて七年近くになります。

わたしは白い空を見るかわりに短歌をつくっているのかもしれません。

歌をつくるにあたって、歌集を編むにあたって、力を貸して下さったたくさんの方々に心から感謝します。

夏至の宵の不思議な胸の高まりに似た気持ちをこめて。

一九九六年八月一日

東　直子

栞文

## 東さんのこと

小林恭二

東直子の短歌は絶品である。どこからあの言葉の柔らかさがでるのだろう。もっともときどき、東直子は技巧を使って言葉を必要以上に柔らかくしようとすることがある。が、その必要はぜんぜんない。あの言葉の柔らかな輝きは彼女のＤＮＡに刻み込まれているものであり、余人には絶対に真似ができないし、本人だって技巧でそれを再現することはできないだろう。あれは才質の輝きなのだ。

わたしが東さんに注目したのは、何年前になるだろうか。

彼女はわたしが選をする「ＭＯＥ」という雑誌の句歌欄に投稿してきたのだ。最初は俳句にせよ、短歌にせよ、目が醒めるというほどのものではなかった。まだ資質が開花するにいたってなかった。ただ、筋がいい人だなと思った。

そのうちに言葉が急に輝きだすようになった。それも閃光のような輝きでもなく、冷たいメタリックな輝きでもない。ふかふかのウールのセーターのような輝きである。子供を優しくあやしているような措辞が、急にそのまま成熟した女の愛を語る言葉にすりかわったりする。

ただ者でない、と直感した。

ちなみにこれまでわたしがただ者でないと直感した歌人は三人いる。すなわち、高柳蕗子と俵万智と、この東直子である。

高柳蕗子は長い間たったひとりでファンのつもりだった。わたしが初めて自分以外のファンがいることを知ったのは山梨県の山奥においてであった。すなわち俳人の飯田龍太さんと話をしていたおり、たまたま今誰の短歌がいいかという話になったのだが、そこで期せずして「高柳蕗子がいちばんいい」で一致したのだ。わたしと飯田さんはその場で高柳蕗子ファン倶楽部を結成したものだった。もっとも飯田さんはすぐに「でもこの倶楽部はふたり以上会員はふえないだろうなあ」と言われて呵々大笑したのを覚えている。

俵万智は女房が強烈にわたしに推したのだ。角川の「短歌」の新人賞を貰った頃だった。わたしは当時とある雑誌で「天才の診断書」という企画をスタートさせようとしており、世間的には無名であるが将来のスター候補を探していた。わたしは迷った末、彼女をトップバッターに抜擢した。「カンチューハイ」の歌をひいてその回の題にしたのだが、なんとわたしは疎かにも書き間違えてしまった。ところが、それから一か月とたたないうちに間違えた方の「カンチューハイ」の歌が世間に溢れた。(要するにみんな原典にあたっていなかったのだ。)

東直子は完成度においては高柳蕗子に劣るし、面白さでは俵万智に至らないと思うが、それを補ってあまりある言葉の輝きがある。

　東直子が輝きだした頃、わたしは会う人ごとに彼女の歌をあげてほめそやしたものだった。もっともあまりいい反響はなかったが。彼女の短歌は一瞬の爆発力というよりは、じわじわ利いてくるものが多いためだろうか、みんなぴんとこない顔をしていた。思えば鈍い奴らだ。

　やがてわたしの句歌欄は閉鎖されることになった。わたしは投稿していたあまたの才能がこのまま消えることになるんじゃないかと心を痛めたが、東直子に関しては心配しなかった。句風及び歌風からガッツのある人間を想像していたからだ。これくらいガッツがあれば今後もきっと短詩形の世界で生きてゆけるだろうと思っていた。

　その後、ひょんなことから岡井隆さんとよくお会いするようになった。当時わたしは（いや今も）現代俳句のダメさ加減に頭に来ており、短歌に興味を持ち始めていた。そのときいちばん最初にあがった名が、東直子だった。岡井さんは確かに東直子を「秘密兵器」と呼んでいたと思う。

岡井さんにわたし、それから雑誌「へるめす」の編集長である川上隆志氏というヘンな三人組の会合はそれからも続けられ、これが後の「へるめす歌会」へと繋がった。ちなみに今だからこそあかすのだが「へるめす歌会」は新進歌人東直子をフィーチャーした会だった。まず東直子ありきの歌会だった。そして彼女及び彼女のような歌人をスターにするというのが、最大のコンセプトだった。成功したかどうかは知らないが。

何はともあれ、第一歌集おめでとう。この第一歌集、ひじょうに成功していると思う。でも先のことを言うようだけど、第二歌集は難しいよ。それでもってそれこそ本当の意味での勝負なんだよ。頑張ってくださいね。

よい人とよい街にゆきよい花を育ててしんしん泣いたりしてね

# 無限喪失／永遠希求

穂村　弘

　お別れの儀式は長いふぁふぁふぁふぁとうすみずいろのせんぷうきのはね

　或る互選歌会でこの作品を見て、不思議な歌だと思いながら票を入れた。選歌後、圧倒的得票数でトップとなったこの歌について、私を含めた支持者たちは、魅力の本質を上手く説明することが出来なかった。ぼんやりとした沈黙のなかで、一人がぽつんと云った。

「これ葬式の歌じゃないか」

何人かが静かに諾く。私は思わず声をあげそうになる。そんなこと考えてもいなかったのだ。

廃村を告げる活字に桃の皮ふれればにじみゆくばかり　来て

＊

初めてこの歌を目にしたときの衝撃は忘れ難い。私はこれを相聞歌として読んだが、そのような読みを最終的に成立させているものは、最後に置かれた「来て」の二文字に過ぎない。だが、この「来て」の強烈さはどうだ。初句から結句に至る言葉の連なりは自然で、新聞紙の上で桃を切り分けたとみえる日常描写の何処にも強引なところは無い。ところが一字空きのあとの、唐突とも思える呼び掛けによって、新聞紙や桃や濡れたナイフといった周囲の物たちの存在がふっと霞がかかったように遠くなり、ただ「来て」のひとことだけが、抗い難い磁力を帯びて読み手の心に迫る。

「廃村を告げる活字に桃の皮ふれればにじみゆくばかり」という静かな言葉の連なりが、読者の心の深部に響かせるものは何か。ここから読み取れるメッセージを敢えて言語化すれば、それは「確かなものは何ひとつない」だと思う。濡れたナイフ、果実、丸まった皮、滲む「廃村」の活字から、作者はおそろしい真実を感受してしまう。すなわち、過去や未来、人との絆、この世のすべてはただ一瞬の譬えに過ぎない。この震えるような把握は、瞬間的に幾つもの感覚を呼び起こす。(今しかない)(こわい)(何もいらない)(これだけ)。耳鳴りのような感覚の響き合いのなかで、眼前の、しかも遥かな一人に向けてたったひとつの言葉が選ばれる。「来て」と。

東直子作品の底に一貫して流れているものは、おそろしい喪失感と表裏一体の、この比類ない希求だと思う。

おねがいねって渡されているこの鍵をわたしは失くしてしまう気がする

思い出を汚してもいい　きつくきつく編んだみつあみゆうやけのドア
白秋やひんやり風の吹く朝にみいみい鳴いて止まるエンジン
え、と言う癖は今でも直らない　どんな雪でもあなたはこわい
少し遅れてきた人の汗ひくまでのちんちろりんな時間が好きよ
羽音かと思えば君が素裸で歯を磨きおり　夏の夜明けに

＊

東直子の初めての歌集がまとめられる。独特の童話的な口語文体と不思議なユーモア感覚、そして圧倒的な喪失／希求感。『春原さんのリコーダー』。怪物的な第一歌集の誕生だ。

## 〈音楽〉の発振装置

高野公彦

引き出しの奥の小箱にひんやりと汗ばんでいる球根がある

私の好きな歌の一つである。「ひんやりと汗ばんで」が、引き出しの奥で眠つてゐる球根の、ひそやかだが充溢した生命感をよく表してゐる。

だが『春原さんのリコーダー』にはこんな写実的な歌は多くない。むしろ非写実の歌が主流である。仮に、30、31頁の歌を見よう。

①かぎりなく輝く空につっこんでゆきそうなバス　朝がささやく

②白秋やひんやり風の吹く朝にみいみい鳴いて止まるエンジン
③おとがいを窪みに乗せて目を開く　さて丁寧に問いつめられる
④井戸の底に溺死しているおおかみの、いえ木の枝に届く雨つぶ
⑤グリセリンと高麗人参　ガラス戸にさしこむ光をすいこんでゆく
⑥ええそうよそうそうそうよそうなのよ炭素のような祈りの美学

正直言つて私が分かるのは②の歌だけである。他の歌について言へば、①は四句目までは理解できるやうな気もするが、結句に来て分からなくなる。③は、たぶん作者が問ひつめられてゐるのだらうが、「誰に」「何を」問ひつめられてゐるのか判然としない。④の歌は全く分からない。もし「おおかみの」が「おおかみに」だつたら分かるし、面白い歌なのだが。⑤も、なぜここにグリセリンが出てくるのか、腑に落ちない。⑥は口語を駆使した軽い歌で、これは心を惹かれた。ただ「炭素のような」といふ比喩は突飛で、ついてゆけない。

批判的なことを書いたけれど、もともと作者は歌を作る時あまり意味に重きを置かず、頭に浮かぶイメージや言葉を取り集めて五七五七七の定型に流し込む、といふやうな作り方をしてゐるのではないか、と思はれる。アンドレ・ブルトンが提唱し実行した、いはゆるオートマティスム（自動記述）に近い方法である。まあオートマティスムほど極端ではないにせよ、作者が〈一首の意味を薄める〉つまり意味の希釈化を行なつてゐることだけは確かであらう。

作者は「草かんむりの訪問者」三十首で一九九六年の「歌壇賞」を受賞した（平成8年2月号「歌壇」に掲載）。この歌集に収められた同名の一連がそれである。

てのひらにてのひらをおくほつほつと小さなほのおともれば眠る
火を消しておしまいにする夜祭りの闇に立ち続けている姉さん
サンダルのかかとの角度ゆるやかな夢にとけこむ「終点」の声

毒舌のおとろえ知らぬ妹のすっとんきょうな寝姿よ　楡

駅長の頬そめたあと遠ざかるハロゲン・ランプは海を知らない

意味の希釈化がほどよく行はれ、成功した歌たちである。選考委員として私はこの一連を一位に推し、「シュールレアリスムというほど大げさなものじゃなくて、何か現実からふっと離れているような世界を描いて読者をほのかに異次元の世界へ連れていってくれる作品」だと述べた。

この作者は、写実を目的とする行き方から大きく外れ、いはば短歌形式を〈言葉の音楽〉の発振装置として機能させる——といふやうな行き方をしてゐる。極論すれば『春原さんのリコーダー』は、言葉（特に口語）の音楽的な味はひを楽しませてくれる歌集である。そのため、意味は時折り犠牲にされてゐる。

しかし、あの球根の歌や、また写実的ないい歌の多いⅢ群（これは初期の歌群ではないかと推測される）の作品などを見ると、勿体ない気がする。言葉の音楽を楽しませてくれる歌集を読み終へて、私は考へた。いま作者は歌の〈新しい場所〉を歩んでゐるけれど、むしろ、一歩引き返した場所に、歌の〈黄金の場所〉があるのではないか、と。

解説にかえて　**混沌から浮き上がるリアル**

花山周子

東直子は俵万智や穂村弘（一九六二年生）に代表されるような一連のニューウェーブの歌人とほぼ同世代の一九六三年生まれであるが、その出発は彼らから十年ほど遅れている。俵万智が「八月の朝」で角川短歌賞を受賞したのは一九八六年（翌年『サラダ記念日』刊行）。そのちょうど十年後の一九九六年に、東直子は「草かんむりの訪問者」で歌壇賞を受賞したのだ。当時、三十二歳。十年というのはかなりの時間の隔たりだと思えるのだが、現在ではその隔たりはほとんど忘れられてしまっているように思われる。少なくとも私はある時まで東直子という作家を、ニューウェーブの歌人の一人として認識してしまっていたのだった。しかし、いま改めて第一歌集『春原さんのリコーダー』を読みなおしながら、私が気づかされたことは、ニューウェーブという時代のエネルギッシュな勢いとはまた質の異なる、東直子独自のニュアンスやモチーフをこの歌集が秘めているということである。それが、東直子という歌人の位置づけを難しくしているようにも思われてきたのだ。そして、『春原さんのリコーダー』という歌集は、やはり、東直子という作家の原点である。東直子の全ての歌集を再読しながら、私はそのことを痛感したので、少し丁寧にその特徴を浮かびあがらせてみたいと思う。

「来て」について

晩冬の東海道は薄明りして海に添ひをらむ　かへらな
殺してもしづかに堪ふる石たちの中へ中へと赤蜻蛉《あかあきつ》　ゆけ
廃村を告げる活字に桃の皮ふれればにじみゆくばかり　来て

この三首はそれぞれ紀野恵、水原紫苑、東直子の代表歌として記憶する人も多いと思うが、構造がとてもよく似ている。そしてこうして並べてみるとき、世代の近い三人の女性歌人の個性が面白いほど際だって見える。ちなみに三人の生年と、三首の収録歌集の出版年は次の通り。

紀野　恵　一九六五年生　『さやと戦げる玉の緒の』　一九八四年出版
水原紫苑　一九五九年生　『びあんか』　一九八九年出版
東　直子　一九六三年生　『春原さんのリコーダー』　一九九六年出版

※歌集の出版順に並べている。いずれも第一歌集。

これら三首の一字空けのあとに置かれた動詞に注目してみる。
紀野恵の「かへらな」は、動詞「かへる」の未然形に意志・希望を表す終助詞「な」が接続されたもの。この意志は、一見唐突なようでもあるが、俯瞰的な視野からの絞り込むような場面転換、さらにねじ込むように「添ひをらむ」という思考に移る文体が、個人の意志を必然的に導き出している。一字空けの一拍は、この意志を固めるためのいわばタメである。この歌において言葉は背後にいる作者によって強力に統制されている。「かへらな」という一語は読者が容易に手出しできるものではなく、作者の側に強く握られているのである。

水原紫苑の「ゆけ」という命令形は蜻蛉に向けられているようでもありながら、一字空けによって実のところ、どこに向けられているのかよくわからない。鬱屈した心情が感じられる初句からの流れに対し、全く違う方角から射した光のように、この「ゆけ」には生気が漲る。鬱屈をつき抜けた解放感がある。一字空けによってその対象が一旦無化されることで、「ゆけ」は作者の奔放な雄叫びとなり蜻蛉も読者も解放されるのである。

言葉の魔術師とも言われる紀野によって言葉が完全に掌握されることで開か

れるエンターテイメント性。水原の突飛で奔放な作家性が言葉の世界を押し広げる快感。いずれも二人の個性が十二分に発揮された作品だ。そして、紀野の「かへらな」も、水原の「ゆけ」もあくまで独白であり、読者を巻き込む種類のものではない。作者という重心を持つことで二つの歌はそれぞれ求心力や遠心力を発揮する屹立した一首となっているのだ。

けれど、東の歌は少し違う。東の「来て」はそれを聞いてしまったものの心に直接に触れて来る。

**廃村を告げる活字に桃の皮ふれればにじみゆくばかり　来て**

この「来て」は特定の誰かに発せられたものではないと感じる。三句目まで淡々と観察し、描写しながら、「ふれれば」あたりから急速に加速度を増し、一字空け。それは一瞬の空白であり、直感的に何かが感知された瞬間でもある。予感はあった。その予感はどこからはじまっていたのか。たぶん、描写しはじめたときからだ。そして、いま、はっきりと感知した瞬間、意識を遮断する。「来て」。つまり、誰でもいい他者に突然、手放したのである。
　こんなふうに、歌の作者が自分が感知した何かを手放す光景を私はあまり見たことがない。そして、こうして目の前で手放されたことによって、「来て」と突如、現場に呼び出されたことによって、私はその何かを、東と共有したのである。

## 「姉さん」について

東の歌の背後に作者が居ない。そんな気がするときがある。

**火を消しておしまいにする夜祭りの闇に立ち続けている姉さん**

たとえば、この歌。仮に、

**火を消しておしまいにする夜祭りの闇に姉さん立ち続けている（花山の改作）**

と、動詞を下に置いてみると、歌に「姉さん」を立ち続けさせている作者の存在が浮かび上がってくる。その姉さんに対する作者の眼差しや歌に付属させたい情緒、つまり、動機が一首の中にパッケージされた状態であり、読者が添うべきこの歌の核は基本的には「姉さん」に感覚するある人間（作者か作中主体）の心情となり、読者はなるべくそこに近づくように想像を働かせる。ところが、

**闇に立ち続けている姉さん**

は、ただ、「姉さん」なのだ。

剝き出しの「姉さん」。

私はちょっと不安を覚える。この「姉さん」はなんなんだ。私は一から、現

場に立ち会い、「姉さん」を、私なりに感覚することをはじめる。「姉さん」は全くのイノセントであり、故に「姉さん」は共有される。

このように、読者をいきなり自分の現場に引っ張り込み、そこに置き去りにするというのは、本当はとても強引なやり方で、こちらは抵抗を覚えてもおかしくない。それなのに、あまりそういう抵抗を覚えないのはどうしてなんだろう。

## 入口と出口

ははそはの母の話にまじる蟬　帽子のゴムをかむのはおよし

私は以前からこの歌にとても興味がある。この歌はどこからの視点でつくられているのか。子供の内部からなのか、それとも、外側からの客観的な視点なのか。寧ろ、そのどちらもが、入り混じり、妙に空間的な場を創出しているように思われる。
「ははそはの」これは、枕詞という伝統的な技法で、そういうものを使って「はは」の存在を提示する。つまり最初は、叙述する立場の人、作者が居る。ところが、それはハの音を重ねたただの呪文のように降りてゆき、「話にまじる蟬」。それを聞いている子供の内部から世界を見る（聴く）ことになる。

母親が立ち話する下で子供はそれなりにそこにいて、その場を観察している。「ははそはの母の話」という無内容な扱いには、話の内容が自分に向けられているという意識が感じられない。子供の意識は母の声と蟬の声の、音の、ごく微妙なところを味わっている。突然、「帽子のゴムをかむのはおよし」という、自分に向けられた言葉が聞こえた。その瞬間、子供は内側から外に放り出される。子供はいつもの癖をやり出したぼんやりな自分を突きつけられたのだ。

この歌のなかで感覚する主体はすべて子供であり、同時に読者である。苦しいほどに子供であった自分の内的な感覚が呼び起こされるからだ。

おかしいな。最初は俯瞰的な作者、たとえば物語をつくっている人が居たはずなのに、この歌を読み終えた私は、すっかりその存在を忘れ、「この歌のなかで感覚する主体はすべて子供であり、同時に読者である。」と言い切ってしまった。考えてみれば、「廃村を告げる活字に桃の皮……」も「火を消してしまいにする夜祭りの……」も、叙述からスタートしながら、つまりそこまでは作者が居るのだが、どこからか、作者は失踪してしまい、その世界の内部から発せられる声になる。歌の、入口と出口が違う……。剝き出しの放り出された感覚は、文体がそれまでの態度をどこかで手放したことで発生しているのではないか。そして、ちょうど、引いていたゴムを放すことで生じる弾力のように、これらの歌には強烈なインパクト、そしてインプット力、がある。私はなかなか歌を暗誦できないのだが、これらの歌に限っては初読以来、完璧に覚えてしまっているのだ。

## 文体について

このように、東の歌では、いつの間にか、あるいは突然、文体が変化することがある。そこで、引き起こされる感覚がある気がする。もう少し素朴な歌でこんなものがある。

**とてもだめついていけない坂道に座っていれば何だか楽し**
**かの家の玄関先を掃いている少女でいられるときの短さ**

一首目では「とてもだめついていけない」というその場の、息せき切った人の声、その必死さが、次の瞬間には、「座っていれば」という、のほほんとした人となり、この場所からは妙な滑稽味が漂う。二首目は全体的に不可思議なつくりで、「かの家の」という遠いひとつのイメージは「掃いている」と、現在形で叙述され、そこから突然、「少女でいられるときの短さ」という一種の感慨が断定的に語られる。ごく普遍的な淡い感傷であるはずの「少女でいられるときの短さ」が文体によって、突きつけてくる感覚があるのだ。この二つの歌はいずれもワンクッション置けば、ふつうに繋がるところを、「坂道」や「少女」を重ねて次のセンテンスを書き起こしてしまう。そういう文体によってそれ以上の何かが生じているような気がする。

**こぬか雨を髪に鞄にびっしりとはりつけたまま　帰りますとも**
**じゅっと燃える線香花火の火の玉の落ちる速度で眠りましたよ**

いずれも読み終えようとしたところで、突然、くわっと話がこちらに差し出されて私はちょっとたじろぐ。そして「帰りますとも」「眠りましたよ」と言い渡されたことで、そこにある妙に生々しい感情がどうも気になってしまう。

私がここで思い出すのは、以前、内田樹が話していたことだ。氏が大学で講義してきた経験によれば、生徒の耳に一番入る言葉は「後ろのほう、聞こえますか?」だという。氏はこれを、「宛先のある言葉」というような言い方で説明していたのだったと思う。つまりダイアローグな呼びかけということになるのだが、東の歌は基本的にダイアローグだと私は思っている。けれど、では、ダイアローグならなんでもインプットされるというものではもちろんない。内田樹の話のポイントもたぶん、大勢の生徒の前で一方的に教授が語る講義という場、における、「後ろのほう、聞こえますか」にあるのであり、その言葉の置かれる情況や環境は重要だ。「ははそはの母の話」の歌も同様に、予期しない唐突なモード変換が、自分（こども）につきつけてくる感覚を生むのである。

ここに挙げた二首も、「はりつけたまま　帰りますとも」「落ちる速度で眠りましたよ」と頭をもたげるようにダイアローグな呼びかけとなる。予期していないものが立ち現れる。しかも、歌の結語に至ってそれが起こる。結語で、唐突に歌がこちらに差し出されたことによって、歌が逆流するのである。

これらの歌では歌の中から新たな文体が発生することがさらなる喚起力となっているように思うのだ。

## 予感が生じる現場

東さんの歌の、歌の中で何かが発生する感覚は、文体に限ったことではない。次のような歌では、最初に確固たる完全な誰かや私がいるのではなく、それは、歌のなかで生じているのである。

おねがいねって渡されているこの鍵をわたしは失くしてしまう気がする
いいよ、ってこぼれたことば走り出すこどもに何をゆるしたのだろ一首目では、「おねがいね」と言われたことで、緊張が生じ、非常に心もとない人間が生じている。二首目の、主体性なく発した、というか、こどもに言わされてしまった「いいよ」は、いま、走り出すこどもの姿によってその許可の内容が具現化しつつある。そこではじめて、母親（保護者）という意識（立場）が生じはじめる。

この二首では、何かを契機にして混沌から浮上しはじめる実存感覚がある。そしてこの浮上に伴うものは、「失くしてしまう気がする」「何をゆるしたのだろ」という漠然と虚ろで不穏な予感だ。

予感や感覚を歌にとどめることはとても難しい。それは簡単に認識へと転化されてしまうからだ。東は寧ろ、予感が生じる現場を詠う。そして、そこに兆す予感に作者自身がおびえてしまっているようにみえる。だから、その怯えが読者にも伝染する。

読者をいきなり自分の現場に引っ張り込み、そこに置き去りにするというのは、本当はとても強引なやり方で、こちらは抵抗を覚えてもおかしくないのに、あまりそういう抵抗を覚えないのは、東さんの歌に、この本能的なおびえがひそんでいるからではないだろうか。それは、ピーターラビットが玉ねぎをこぼしてしまうときのような、無意識的本能的おびえだ。そういうおびえゆえに、東さんの歌には作者然とした作者が居ない。寧ろ作者自身が歌の運命に従属してしまう。だから読者も歌に起こった運命を自ら引き受けてしまう。共感、という距離を越えて、図らずもその現場を共有してしまうのである。

図太さ

けれど、東直子という作者はただおびえているだけのやわな小動物ではない、とも思う。これまで紹介してきた歌についても一方で妙な大胆さを感じてしまう。主語を省いて、セリフで構成してしまったり、文体の態度をいつの間にか切り替えてしまったり、というのはとても大胆なやり方であるし、例えば、

「姉さん」という体言止めは危うさと大胆さが表裏一体となって成立しているように思うのである。

こうした文体は東が歌を紡いでいるうちに次第に研ぎ出されていったもののように思う。というのも、こうした危うさと大胆さを感じさせる文体は、歌集の前半に多く見られるのだ。『春原さんのリコーダー』は、東直子が「草かんむりの訪問者」で第七回歌壇賞を受賞した一九九六年の暮れに出版されていて、歌集の前半には受賞作及び受賞後第一作、つまり最新作が置かれているのである。

毒舌のおとろえ知らぬ妹のすっとんきょうな寝姿よ　楡

同じ受賞作の一首だ。この「楡」の存在に理由はない。こうして、あえて加工を施さずに言葉を投げ出すことで、鮮度のある言葉が生成される。東直子という作者は、やわじゃないと思う。単にファジーとか繊細な感覚というところにとどまらず、そこから飛び出すように、どこにも調和しない鮮烈な言葉を生じさせる。自身が失踪することによって。
そして、さらに言うなら、図太いと思う。何せ、読者をいきなり現場に引きずり込みそして置き去りにするというのは、図太くなくてはできない。

お祈りは済ませましたかその後ももとの形に戻れるように
ええそうよそうそうそうよそうなのよ炭素のような祈りの美学
そんなこと気にしなくてもいいですよ星もいつかは壊れますから
そうですかきれいでしたかわたくしは小鳥を売ってくらしています

私はこれらの歌にぎょっとするのだ。「お祈りは済ませましたか」は一体どこからの物言いなのか。「ええそうよそうそうそうよそうなのよ」と、ほとんど呪文と化した肯い。有機物が炭素に還元されるように、「祈り」は結局のところ肯われたいという願望に還元される。それを「美学」だと言う。言葉遊びのようにも見えながら、実はかなり辛辣なアイロニーが潜む。三首目では、怖いくらいに冷徹に宇宙規模での真実を突きつける。四首目では、相手の「きれいでした」という話を引き取って、「わたくしは小鳥を売ってくらしています」と、言い渡す。こう言い渡されたとき、きれいだったという話はなぜか敗北させられる。いずれも、やさしく親切そうな語り口で、したたかに読者を突き離す。「来て」と人に助けを求めていた人が、今は、印籠のようにこれらの歌をつきつけて、微笑んでいる。図太い。

このように、東直子は混沌のなかでただおびえているかと思えば、突然、覚醒するときもある。

## 言葉にやどる生命

私はここまで、東直子の特徴として特に目立った歌を見て来たのだけれど、すると、『春原さんのリコーダー』という歌集一冊の印象とは不思議にずれてしまうところがある。この歌集は妙な実存感覚を孕みながら、なお全体は軽やかでやわらかな音楽のようであるのだ。そして、私はこの歌集をつくづく不思議な生命体のように思っている。おしゃれなカタカナ語や西洋的な物語がある一方で、意外なのだが、野暮ったいほどの具体性が大半を占めていたりする。それらが当たり前のように混在する混沌のなかで、言葉はちらばりながら発光している。一首単位に、言葉単位に息づいている生命体の集合が『春原さんのリコーダー』なのではないか。この、タイトルについてもそうだ。どこの誰かもわからない「春原さん」は歌集のなかで一度しか登場しない。タイトルでありながらなお、何一つ背負うことのない自由な「春原さん」。そしてこの歌集の最たる具体であり生命体はセリフである。

**柿の木にちっちゃな柿がすずなりで父さんわたしは不機嫌でした**

「父さんわたしは不機嫌でした」の鮮烈さ。

なぜ不機嫌だったのか、とか、そういうことは問題にならない。これはただ一つの生命を宿した言葉なのだ。

# 〈特別対談〉文庫化に寄せて

川上弘美・東直子

## 出会いは句歌会

**東**　『春原さんのリコーダー』が出たのは一九九六年の年末なんですが、川上さんと初めてお会いしたのは、二月でした。

**川上**　その年に、東さんと一緒に句歌会をしたんですよね。私は九四年にパスカル短編文学新人賞を受賞して小説家としてデビューしてはいたけれども、まだ単行本も出ていなかったし、プロの小説家という感じではなくて、当時はむしろ小説よりも俳句を一生懸命作っていました。それで、仲間と俳句同人誌を作ろうとしたんですが、短歌には「かばん」という同人誌があって、若い人たちが中心になってどんどん新しいことをやろうとしていたんです。それに刺激されて作ったのが「恒信風」。

**東**　今思えば、「恒信風」は川上さんはじめ、作家の長嶋有さんやイラストレーターの木内達朗さんなど、すごいメンバーでしたよね。

**川上**　まだパソコン通信時代でＡＳＡＨＩネット上の句会が始まりでした。

**東**　その時代の面白い人達が、ＡＳＡＨＩネットに集まっていたんですね。

**川上**　「かばん」の中心になっていたのが穂村弘さんや、井辻朱美さん、高柳蕗子さん、そして東直子さんで、「恒信風」の私たちと同世代か少し若いくらいの人たちだったから親近感があったし、俵万智さん以降の口語短歌を追求している「かばん」の軽やかさに、わたしたちはほんとうにびっくりしたんです。「恒信風」のみんなも前衛好きの人たちが多かったし、若い言葉で作ることをみんなが目指していたので、「かばん」の人に会ってみたいという話になって。

**東**　「恒信風」の人と知り合って仲良くなって、一緒に俳句と短歌をやりましょうということになったんですよね。

**川上**　そう、だから、私は小説家というより俳句の人間として東さんと出会ったんです。その時の記録を私が「恒信風」に書いていて、もう、お会いできたことに感激して、大絶賛（笑）。

**東**　なんと！　光栄すぎます。

### 息をするように作っていた頃

**川上**　歌集に載せる歌は、どうやって選ぶんですか？

**東**　その当時は日々たくさん作っていて、投稿も続けていたし、「かばん」の他に「未来」という結社にも入っていたので、第一歌集を作るときには、二千首くらいたまっていました。

**川上**　そんなにたくさん！　息をするように作っていたんですね。そもそも東さんが短歌を作り始めたきっかけは何だったんでしょう。

**東**　意識的に短歌を作ったのは、二六歳くらいからで、「ＭＯＥ」というファンタジーの雑誌に林あまりさんの選歌欄が始まって投稿したのがきっかけです。子どもたちが昼寝している間に作ったりしていました。

**川上**　お子さんがもういらしたんですね。

**東**　そうです。二人目の子がまだ赤ん坊のころでした。その少し前にライトバースとかニューウェーブという口語短歌の潮流があって、それまでちょっと遠いものと思っていた短歌を身近に感じるようになっていたのもあります。そして、「ＭＯＥ」の選者の林あまりさんは二七歳で、私とひとつしか変わらない。それで出してみようかなと。

**川上**　投稿しはじめたときから今の東さんの作風は確立していたんですか？

**東**　歌集のⅠ、Ⅱ、Ⅲと分けてあるうちのⅢが比較的昔に作った歌が多くて、投稿していた頃の初期作品が入っています。出産の歌とか子どもが小さい頃の歌とか、写実っぽい、エピソードに寄り添った作品が多いんです。

子供らが散らかした部屋を抜け出して何を探そうとしていたのだろう

**川上**　やはり、もうすでに東さんの作品ですよね。影響を受けた歌人はいますか。

**東**　口語作品の、穂村弘さんや加藤治郎さんの歌集を読んだりはしていましたが、影響を受けて真似をしてみたということはないです。最初に掲載された歌はこれです。

こぼれ出た涙を一滴シャーレの中へ何かが死んで何かが生きる

**川上**　どちらも素直でありながらユニークです。そしてその作品を林さんがいち早く取り上げてくださったんですね。

**東**　世の中の片隅の一専業主婦だったので、短歌をどうやって作ったらいいかとか、どんなものがいい歌なのかとか、まだ何もわからずに投稿していました。それを林さんが選んでくれて、雑誌に印刷されてコメントがつけられた頁を見た時に、言葉を編むとこんな風に世の中と繋げてもらえるんだと、とても嬉しかったんです。

## どうやって言葉を選ぶの？

**川上**　言葉の選び方で何かに影響を受けたというのはありますか。

**東**　その当時は、子どもが小さくて毎晩絵本を読んでいたり、「お話の会」に入って、昔話を覚えて語ったりしていたので、童話的な言葉のリズムを体で覚えているというような、あまり意識しないところでの影響があったかなと思います。

**川上**　例えば日本の童話で好きだった作者はいますか？　もしくは翻訳者で好

きだった人とか。

**東**　子供のころから安房直子さんのファンタジーをよく読んでいて、あと、翻訳では石井桃子さん。

**川上**　石井さんは、私も影響を受けていると思う。きれいな言葉で清潔で優しくて深い。そして毒がちゃんとあって、すばらしい。シンプルな言葉だけなのに深いのは、東さんの真骨頂だと思うんですが、その中でことに私の好きな歌は、

廃村を告げる活字に桃の皮ふれればにじみゆくばかり　来て

他にももちろんたくさん好きなものはあって、

え、と言う癖は今でも直らない　どんな雪でもあなたはこわい

一句めの最後の「来て」や、二句めの「どんな雪でも」という突然の驚きをよぶ表現などの飛躍ができるようになったのって、いつごろからだったんですか？　その秘密はどこで手に入れたんですか？　私は未だにできないからきっと短歌がつくれないのだと思う。短歌は俳句と違って本当にたくさんのことが言えるでしょう？

**東**　そうですね、七七で意外といろいろ言えることが多い気がします。

**川上**　五七五七七のリズムが身体に合っている感じなんでしょうか。

**東**　不思議な気持ちよさがありますね。文章で長く言うよりも、ここだけ言いたいという部分だけをすっきりさせるというのが合ってるかな。さっきの歌だと、「え、と言う癖」は私にもあって、ちょっと臆病なところがあるけど、でも、それは自分だけじゃないかもしれない、と思って作ったんです。下の句の「あなた」はフィクションの人物なんですが、自分の一部といろんな人の一部を重ね合わせて、一首の中にいろいろ組み合わせた感じというか。一つの限定した場面だけを抽出すると文章っぽくなりそうなので。

**川上**　俳句でいうと、取り合わせ。文体も一首の中で微妙に変わってたりするのもすごいなぁと思う。

**東**　話し言葉風だったり叙述風だったり、いろいろ試していたかも。

**川上**　この歌も大好き。

少し遅れてきた人の汗ひくまでのちんちろりんな時間が好きよ

「ちんちろりんな時間」とかこんな言葉をよく思いつくなぁと。

**東**　ああ、この歌は、作った時のことを覚えていますね。歌人のHさんが、ある会合で、それもちょっと緊張するような場面に真っ青な顔で遅れて入ってきて。みんなが静まり返っている時の歌です。

**川上**　（笑）。

「…び、びわが食べたい」六月二十二日のまちがい電話

東さんの歌って、なんだかおもしろいの。すごく切ない歌もいっぱいあるんだけど、どの歌にもおかしみがあって、その「おかしみ」を俳句では俳味って言うんですが、俳味の濃い歌人だなと感じています。あんまりそういう作家は多くないと思う。

**東**　人間のじわっとした味わいとかおかしみが結びつくような感じが好きなんですよね。

**川上**　自分のことを詠んでいるんだろうけれど、私が私がという自分にこだわった内向きなものがない。それが東さんの短歌の一つの特徴じゃないかなと思う。

**東**　自分より、きっと他の人の方が面白いと思っているところがあるからかもしれない。自分の考えはとるに足らないだろうというのがあって、それよりも、あの人汗かきながらやってきたけど、この感じはなんだろう、と思ったりすることに興味が引かれる。

**川上**　もしかして、歌人では珍しいタイプ？

**東**　そうですね、短歌ではどちらかというと「私」が中心で、私のこの気持ちをいかに伝えるかと考えて作るかな。

**川上**　私と世界のつながりがどうなっているのかを、サラッと詠む人もいるけれども、でもやっぱり「私」を深く掘ってゆく歌が多い気がするんです。

**東**　そういう人が多いですね。「私とは何か」という問いを発しているタイプの人が。

**川上**　小説は神の視点で、ある意味少々乱雑に「私」を翻弄するけれど、詩歌の中の「私」は、とてもこまやかで、そのこまやかさの方向が作家性につながっている。

**東**　栞の中で高野公彦さんが日常から非日常へふっと誘ってくれる感覚があると書いてくださっているんですが、その方向性みたいなのがそういったことに通じるのかもしれないですね。

## 短歌を作るということ

**川上**　東さんはどういう風に作るのが一番得意ですか。例えば題で作るとか。短歌の五七五七七って俳句に比べると長いでしょう。だから、どうやって思いつくのかと。俳句でさえ私は埋まらなくて……。

**東**　吟行もありますし、題を与えられてそれに応えるという、ちょっとゲーム的なものもかなり好きです。言葉を与えられて考え始めると自分の中に眠っていた何かが刺激されてくる。そういう外からの刺激に対する反応を楽しむのも好きだし、自分の中からふと何か出てくる言葉を待っていて掬《すく》うというのと両方あります。

**川上**　それは一首全体が全部出てくるの？

**東**　いっぺんに出てくることもごく稀にあるけれど、大体は部分が出てきて、ここがしっくりこないな、などと思って色々と言葉を入れ替えたり。連作の時は最初の一首目が一番時間がかかって、一、二首できると、その後は前の歌が題になる感じで、それに響かせるように作っています。今と違ってあの頃は、次々に何か言葉を見つけていくのが楽しかったです。

**川上**　いろんなことを知ってしまうと、目も高くなっていくし、自分に対する批評性も高くなってしまうから、小説は私も年々書くのが難しくなる心地です。

**東**　自分が前に作った歌や、誰かの作品に似ているのも気になるし、当たり前のことを詠んでいる、と思えるようなのもいやで、自分で自分の歌につっこんで進めないというのがあります。この頃は怖いもの知らずなんですよね。

**川上**　最初のうちってそうですよね。本当によく分かる。

**東**　こういうのを書きたいとか、こういうテーマで書きたいとか思わずに、短歌を作っていた。でもたった一人でノートに書いていたら今のようにはなっていなかったと思うんです。最初は投稿して、選者の林さんに選んでもらって、今度はこういうのを作ってみようって、その人に手紙を送るようなつもりで書いて、そのうちに歌人と知り合って、一緒に歌会をするようになって、そうすると、この人ならどう読んでくれるかなという風に考えながら作っていました。そして、人と出会ってまた膨らんでいったというのがあると思うんですよね。

**川上**　この本におさめられているのは、そういう時代の歌なんですね。

**東**　この歌集を出した時に本当にたくさんの人と出会っていろんなことを知ったなと思います。川上さんと出会えたことも、とても大きなことでした。単行本の時の帯は、川上弘美さんに書いていただいたんですよね。

**川上**　ちょうど、私が芥川賞を「蛇を踏む」で受賞したのが七月で東さんのこの歌集が出たのが十二月でした。私にとっては生まれてはじめて書かせていただいただいた、記念すべき帯です。

**東**　ありがとうございます！　川上さんに応援していただいたこの歌集が、ずっと絶版状態だったので、文庫になって嬉しいんです。

**川上**　私も、自分のことのように嬉しいです。

# 文庫版あとがき

『春原さんのリコーダー』は、私の第一歌集です。初めての出版物でもありますので、すべての創作活動の第一歩として特別に思い入れのある一冊です。

一九九六年の一二月に本阿弥書店から出版し、二〇年以上の時を経て、ちくま文庫になりました。文庫化にあたり、高野公彦さん、小林恭二さん、穂村弘さんにご寄稿いただいた単行本出版時の栞文も再掲載させていただきました。

又、今回新たに、花山周子さんの解説と川上弘美さんとの対談を掲載いたしました。出版した当初は、二〇年後のことなど全く想像がつかないまま未知の世界に漕ぎ出したのですが、解説や対談を通じ、長い時間が経ったことで見えてきた部分に気付くことができました。

この二〇年の間に、社会情勢も大きく変わり、世の中を揺るがす事件や大きな災害もありました。私たちは生きのびてきた、生きのびている、のだという想いを強くしています。短歌という詩型も、変化する時代の中で、その内容や表現方法も大きく変わってきました。その中で、短歌を続けなければ出会えなかった方々と、歌を通じていろいろな会話を交わし、考えを深めていけたことは、私の人生の大きな糧となっています。

原本は自装したのですが、文庫本の装丁は名久井直子さんにお願いすることができ、狩野岳朗さんに装画を描き下ろしていただきました。編集の鶴見智佳子さんにもたいへんお世話になりました。

私の初めての歌集が、素晴らしい皆様のお力添えをいただき、すてきな本になって再生することができたこと、ほんとうに光栄で、夢のようです。まことにありがとうございます。

この歌集の文庫本が、読んで下さった方にとっても、言葉をめぐる新たな出会いと出発のきっかけとなることができたら、とてもうれしいです。

ところで、知りあいに「春原《はるはら》さん」という人がいて、きれいな名前だなと思って歌集のタイトルにお名前をお借りしたのですが、モデルというわけではなく、歌の中の人物はフィクションなのです。

東　直子

二〇一九年八月二六日

本書は一九九六年一二月、本阿弥書店より刊行された。

**買えない味**　平松洋子

一晩寝かしたお芋の煮っころがし、土瓶で淹れた番茶、風にあてた干し豚の滋味……日常の中にこそある、おいしさを綴ったエッセイ集。（中島京子）

買えない味2
**はっとする味**　平松洋子

刻みパセリをたっぷり入れたオムレツの味わいの豊かさ、ペンチで砕いた胡椒の華麗な破壊力……身近なものたちの隠された味を発見！（室井滋）

買えない味3
**おいしさのタネ**　平松洋子

料理の待ち時間も、路地裏で迷いに迷ってお店を見つける時間も……全部味のうち。味にまつわる風景を綴ったエッセイ48篇。カラー写真も多数収録。

**少しだけ、おともだち**　朝倉かすみ

ご近所さん、同級生、バイト仲間や同僚――仲良しとは違う微妙な距離感を描いた短篇集。書き下ろし二篇を含む十作品。（まさきとしか）

**こちらあみ子**　今村夏子

あみ子の純粋な行動が周囲の人々を否応なく変えていく。第26回太宰治賞、第24回三島由紀夫賞受賞作。書き下ろし「チズさん」収録。（町田康／穂村弘）

**星か獣になる季節**　最果タヒ

推しの地下アイドルが殺人容疑で逮捕!? 僕は同級生のイケメン森下と真相を探るが――。歪んだピュアネスが傷だらけで疾走する新世代の青春小説！

**図書館の神様**　瀬尾まいこ

赴任した高校で思いがけず文芸部顧問になってしまった清（きよ）。そこでの出会いが、その後の人生を変えてゆく。鮮やかな青春小説。（山本幸久）

**僕の明日を照らして**　瀬尾まいこ

中2の隼太に新しい父が出来た。優しい父はしかしDVする父でもあった。この家族を失いたくない！隼太の闘いと成長の日々を描く。（岩宮恵子）

**虹色と幸運**　柴崎友香

珠子、かおり、夏美。三〇代になった三人が、人に会い、おしゃべりし、いろいろ思う一年間。移りゆく季節の中で、日常の細部が輝く傑作。（江南亜美子）

**冠・婚・葬・祭**　中島京子

人生の節目に、起こったこと、出会ったひと、考えたこと。冠婚葬祭を切り口に、鮮やかな人生模様が描かれる。第143回直木賞作家の代表作。（瀧井朝世）

**遠い朝の本たち**　須賀敦子

一人の少女が成長する過程で出会い、愛しんだ文学作品の数々を、記憶に深く残る人びとの想い出とともに描くエッセイ。（末盛千枝子）

**おいしいおはなし**　高峰秀子編

向田邦子、幸田文、山田風太郎……著名人23人の美味な思い出。文学や芸術にも造詣が深かった往年の大女優・高峰秀子が厳選した珠玉のアンソロジー。

**るきさん**　高野文子

のんびりしていてマイペース、だけどどっかヘンテコな、るきさんの日常生活って？　独特な色使いが光るオールカラー。ポケットに一冊どうぞ。

**世間のドクダミ**　群ようこ

老後は友達と長屋生活をしようか。しかし世間はそう甘くはない、腹立つことやあきれることが押し寄せる。怒りと諦観の可笑しなエッセイ。

**それなりに生きている**　群ようこ

日当たりの良い場所を目指して仲間を蹴落とすカメ、迷子札をつけているネコ、自己管理している犬。文庫化に際し、二篇を追加して贈る動物エッセイ。

**うつくしく、やさしく、おろかなり**　杉浦日向子

生きることを楽しもうとしていた江戸人たち。彼らの紡ぎ出した文化にとことん惚れ込んだ著者がその思いの丈を綴った最後のラブレター。（松田哲夫）

**ねにもつタイプ**　岸本佐知子

何となく気になることにこだわる、ねにもつ。思索、奇想、妄想はばたく脳内ワールドをリズミカルな名短文でつづる。第23回講談社エッセイ賞受賞。

**なんらかの事情**　岸本佐知子

エッセイ？　妄想？　それとも短篇小説？　……モヤッとするのに心地よい！　翻訳家・岸本佐知子の頭の中を覗くような可笑しな世界へようこそ！

**杏のふむふむ**　杏

連続テレビ小説「ごちそうさん」で国民的な女優となった杏が、それまでの人生を、人との出会いをテーマに描いたエッセイ集。（村上春樹）

**名短篇、ここにあり**　北村薫　宮部みゆき編

読み巧者の二人の議論沸騰し、選びぬかれたお薦め小説12篇。となりの宇宙人／冷たい仕事／隠し芸の男／少女架刑／あしたの夕刊／網／誤訳ほか。

命売ります　三島由紀夫
自殺に失敗し、「命売ります。お好きな目的にお使い下さい」という突飛な広告を出した男のもとに、現われたのは？（種村季弘）

三島由紀夫レター教室　三島由紀夫
五人の登場人物が巻き起こす様々な出来事を手紙で綴る。恋の告白・借金の申し込み・見舞状等、一風変ったユニークな文例集。（群ようこ）

コーヒーと恋愛　獅子文六
恋愛は甘くてほろ苦い。とある男女が巻き起こす恋模様をコミカルに描く昭和の傑作が、現代の「東京」によみがえる。（曽我部恵一）

七時間半　獅子文六
東京—大阪間が七時間半かかっていた昭和30年代、特急「ちどり」を舞台に乗務員とお客たちのドタバタ劇を描く隠れた名作が遂に甦る。（千野帽子）

悦ちゃん　獅子文六
ちょっぴりおませな女の子、悦ちゃんがのんびり屋の父親の再婚話をめぐって東京中を奔走するユーモアと愛情に満ちた物語。初期の代表作。（窪美澄）

笛ふき天女　岩田幸子
旧藩主の息女に生まれ松方財閥に嫁ぎ、四十歳で作家獅子文六と再婚。夫、文六の想い出と天女のような純真さで爽やかに生きた女性の半生を語る。

青空娘　源氏鶏太
主人公の少女、有子が不遇な境遇から幾多の困難にぶつかりながらも健気にそれを乗り越え希望を手にする日本版シンデレラ・ストーリー。（山内マリコ）

最高殊勲夫人　源氏鶏太
野々宮杏子と三原三郎は家族から勝手な結婚話を迫られるも協力してそれを回避する。しかし徐々に惹かれ合うお互いの本当の気持ちは……。（千野帽子）

カレーライスの唄　阿川弘之
会社が倒産した！　どうしよう。美味しいカレーライスの店を始めよう。若い男女の恋と失業と起業の奮闘記。昭和娯楽小説の傑作。（平松洋子）

せどり男爵数奇譚　梶山季之
せどり＝掘り出し物の古書を安く買って高く転売することを業とすること。古書の世界に魅入られた人々を描く傑作ミステリー。（永江朗）

**飛田ホテル**　黒岩重吾

刑期を終えたやくざ者に起きた妻の失踪を追う表題作など、大阪のどん底で交わる男女の情と性。直木賞作家の傑作ミステリ短篇集。（難波利三）

**あるフィルムの背景**　結城昌治　日下三蔵編

普通の人間が起こす歪んだ事件、そこに至る絶望を描き、思いもよらない結末を鮮やかに提示する。昭和ミステリの名手、オリジナル短篇集。

**赤い猫**　仁木悦子　日下三蔵編

爽やかなユーモアと本格推理、そしてほろ苦さを少々。日本推理作家協会賞受賞の表題作ほか〈日本のクリスティー〉の魅力をたっぷり堪能できる傑作選。

**兄のトランク**　宮沢清六

兄・宮沢賢治の生と死をそのかたわらでみつめ、兄の死後も烈しい空襲や散佚から遺稿類を守りぬいてきた実弟が綴る、初のエッセイ集。

**落穂拾い・犬の生活**　小山清

明治の匂いの残る浅草に育ち、純粋無比の作品を遺して短い生涯を終えた小山清。いまなお新しい、清らかな祈りのような作品集。（三上延）

**真鍋博のプラネタリウム**　真鍋博　星新一

名コンビ真鍋博と星新一。二人の最初の作品『おーい でてこーい』他、星作品に描かれた挿絵と小説冒頭をまとめた幻の作品集。（真鍋真）

**熊撃ち**　吉村昭

人を襲う熊、熊をじっと狙う熊撃ち。大自然のなかで、実際に起きた七つの事件を題材に、孤独で忍耐強い熊撃ちの生きざまを描く。

川三部作
**泥の河／螢川／道頓堀川**　宮本輝

太宰賞「泥の河」、芥川賞「螢川」、そして「道頓堀川」と、川を背景に独自の抒情をこめて創出した、宮本文学の原点をなす三部作。

**私小説 from left to right**　水村美苗

12歳で渡米し滞在20年目を迎えた「美苗」。アメリカにも溶け込めず、今の日本にも違和感を覚え……。本邦初の横書きバイリンガル小説。

**ラピスラズリ**　山尾悠子

言葉の海が紡ぎだす、〈冬眠者〉と人形と、春の目覚めの物語。不世出の幻想小説家が20年の沈黙を破り発表した連作長篇。補筆改訂版。（千野帽子）

品切れの際はご容赦ください

ちくま文庫

# 春原《はるはら》さんのリコーダー

二〇一九年十月十日　第一刷発行

著　者　東直子（ひがし・なおこ）
発行者　喜入冬子
発行所　株式会社　筑摩書房
東京都台東区蔵前二―五―三　〒一一一―八七五五
電話番号　〇三―五六八七―二六〇一（代表）
装幀者　安野光雅
印刷所　星野精版印刷株式会社
製本所　株式会社積信堂


ISBN978-4-480-43620-7 C0192